Bertrand Gauthier

À vos pinceaux, les jumeaux!

Illustrations
de Daniel Dumont

la courte échelle

Les éditions de la courte échelle inc.

Les éditions de la courte échelle inc.
5243, boul. Saint-Laurent
Montréal (Québec) H2T 1S4

Conception graphique:
Derome design inc.

Révision des textes:
Lise Duquette

Dépôt légal, 3ᵉ trimestre 1997
Bibliothèque nationale du Québec

La courte échelle est inscrite au programme de subvention globale du
Conseil des Arts du Canada et bénéficie de l'appui de la SODEC.

Données de catalogage avant publication (Canada)

Gauthier, Bertrand

À vos pinceaux, les jumeaux!

(Premier Roman; PR63)

ISBN: 2-89021-309-9

I. Dumont, Daniel II. Titre. III. Collection.

PS8563.A847A72 1997   jC843'.54   C97-940673-0
PS9563.A847A72 1997
PZ23.G38Ab 1997

Bertrand Gauthier

Bertrand Gauthier, en plus d'être le fondateur des éditions de la courte échelle, est écrivain. C'est lui le père des jumeaux Bulle, du tendre Zunik et de la célèbre Ani Croche. Il est également l'auteur de deux romans pour les adolescents parus dans la collection Roman+. Très aimé des jeunes, il a reçu le premier prix au palmarès des clubs de lecture de la Livromagie pour *La revanche d'Ani Croche*. Plusieurs de ses livres sont traduits en anglais, en chinois, en grec et en espagnol.

Bertrand Gauthier est un adepte de la bonne forme physique. Il aime marcher au grand air. Il adore sortir au cinéma, au théâtre et découvrir ce qui est nouveau. Mais surtout, Bertrand Gauthier aime les histoires. De toutes les sortes: étonnantes, bien ficelées, drôles, effrayantes ou attachantes. *À vos pinceaux, les jumeaux!* est son quatorzième roman publié à la courte échelle.

Daniel Dumont

Daniel Dumont est né en 1959. Il a étudié en design graphique et a ouvert son propre bureau en 1987. Son talent dépasse les frontières du Québec puisqu'il est également apprécié au Canada anglais et aux États-Unis. On retrouve ses illustrations dans des magazines, des manuels scolaires et des romans jeunesse. Et c'est avec passion qu'il parle de son métier aux élèves qu'il rencontre dans différentes écoles du Québec.

En dehors du dessin, Daniel Dumont aime marcher en montagne et partir quelques jours avec son sac à dos. Il a aussi deux enfants, Lola et Romain, qu'il adore. *À vos pinceaux, les jumeaux!* est le quatrième roman qu'il illustre à la courte échelle.

Bertrand Gauthier

À vos pinceaux, les jumeaux!

Illustrations
de Daniel Dumont

la courte échelle

À Lou,
à qui je souhaite de se baigner
encore longtemps
dans la rivière Prismacolor.

1
La ballade
du miroir parfait

Depuis quelque temps, Bé et Dé Bulle se retirent souvent dans leur chambre. Beaucoup trop souvent, aux yeux de leurs parents.

— Pourquoi s'isolent-ils autant? s'inquiète Ma.

— Difficile à dire, répond Pa.

Pa et Ma décident d'en avoir le cœur net. Sur la pointe des pieds, ils se dirigent vers la

chambre de leurs fils.

Surprise, la porte est entre-bâillée! Les parents Bulle en déduisent qu'ils peuvent entrer.

— Après tout, une porte à demi fermée est aussi à demi ouverte, chuchote Ma.

À pas de tortue, ils s'avancent.

Un curieux spectacle s'offre alors à leurs yeux.

Assis l'un devant l'autre, Bé et Dé s'observent. Crayon en main, chacun des jumeaux fait le portrait de l'autre. Soulagés et ravis, Pa et Ma contemplent leurs jeunes fils à l'oeuvre.

Même s'ils se sentent épiés, Bé et Dé ne se laissent pas distraire. Comme s'ils étaient seuls au monde, ils continuent à dessiner.

Tout en s'exécutant, les deux frères marmonnent. Un bredouillage qui, à la première écoute, semble incompréhensible.

Quind Bó ost giuchor
Dó dovaont dreataor
mias quind Dó ost giuchor
Bó dovaont dreataor
ot lo gosto ost teujeurs fiat
peur quo lo marear seat pirfiat.

Pour les parents des jumeaux, le blabla est loin d'être un quelconque charabia. Cette langue inventée par leurs fils, Pa et Ma ont appris à la traduire.

Le blabla se résume à quatre voyelles qui ont des ailes. Ainsi, quand les *a* deviennent des *i*, les *i* se changent en *a*. Et au moment où les *o* remplacent les *e*, les *e* se transforment en *o*.

Dès que ces quatre voyageuses sont replacées au bon endroit, le français réapparaît. Une fois ce mystère éclairci, on peut déjouer tous les blabla du monde.

Y compris celui des jumeaux Bulle.

Rassurés, Pa et Ma retournent au salon. Heureux et fiers, ils se mettent à fredonner.

La plus douce des ballades.

Murmurée à voix très basse, par respect pour le travail de leurs fils chéris.

Lorsque les artistes sont à l'oeuvre, il ne faut pas les déranger. Et surtout pas s'ils s'appliquent à immortaliser la vie.

Quand Bé est gaucher
Dé devient droitier
mais quand Dé est gaucher
Bé devient droitier
et le geste est toujours fait
pour que le miroir soit parfait.

2
Les arcs-en-zèbre

Chez les Bulle, comme partout ailleurs, les soirs se suivent. Mais en plus de se suivre, au 8888 place des Siamois, ces mêmes soirs se ressemblent.

Leur dessert à peine terminé, Bé et Dé disparaissent dans leur chambre. Normal, car leur miroir parfait est loin d'être achevé.

Pendant que Pa prépare les cafés, Ma s'en va dans le salon.

Aussitôt assise, elle se met à feuilleter distraitement *La fontaine des trois vies*.

Brusquement, elle cesse de tourner les pages de cet hebdomadaire de quartier. Une réclame publicitaire vient de piquer sa curiosité.

En haut de l'annonce, on voit un zèbre plonger dans un arc-en-ciel. Quand l'animal refait surface, son corps est bariolé de couleurs.

Sous ce zèbre devenu multicolore, quelques mots.

Des mots intrigants qui séduisent Ma.

Dans l'atelier de maître Léo
tous les jours après la pluie
l'arc-en-ciel devient pinceau
et colore les noirs et les gris.

— Voilà ce qu'il leur faut, s'exclame Ma, en tendant le journal à Pa. S'ils fréquentent l'atelier de ce maître Léo, nos fils pourront vivre leur passion.

À son tour, Pa lit la réclame. Aucun doute, l'offre du maître est alléchante. Malgré cela, Pa ne semble pas emballé.

Cette réaction étonne Ma. Pourquoi Pa est-il si peu enthousiaste? Aurait-elle sauté trop vite aux conclusions?

Pour se rassurer, Ma reprend le journal.

Si, si, si, maître Léo vous invite à traverser l'Atlantique. En Italie, cap sur Florence, à l'atelier du 1507 Via Mona.

Lors de l'inscription, il faut présenter le dessin d'un zèbre

*bariolé. Et ne jamais oublier de
laisser ses sourires dormir à la
consigne.*

Après une courte hésitation,
Ma retrouve sa belle assurance.
À la grande surprise de Pa, elle
paraît enchantée par ce qu'elle
vient de lire.

— Si c'est l'Italie qui t'inquiète, précise Ma, tu ne devrais
pas t'en faire pour si peu. Leur
marraine Flo sera ravie de re-
cevoir nos petits anges. Ma
chère soeur est débrouillarde et
saura bien les inscrire à l'atelier
de ce maître du pinceau.

Ma est une femme déterminée.

Déterminée et plutôt organi-
sée.

En l'espace de quelques heures, Bé et Dé apprennent qu'ils

s'envoleront bientôt pour l'Italie. Et que leur tante Flo est folle de joie à la pensée de les accueillir.

Ce soir-là, dans la chambre des jumeaux, le sommeil tarde à venir. L'idée de fréquenter l'atelier de maître Léo les rend nerveux.

Dans l'espoir de s'endormir, Bé commence à compter les zèbres. Loin d'abandonner son frère jumeau, Dé participe à cette *Opération sommeil*.

L'oeil aux aguets, il surveille les quadrupèdes. Dès qu'ils passent, Dé calcule le nombre de zébrures étalées sur chacun de leur corps.

— Pour une fois, si on faisait comme tout le monde, chuchote Bé. Et pour s'endormir, si on

comptait les moutons au lieu des zèbres.

— Tu as sûrement raison, répond Dé. Mias sa en vout rôvor on ceulours, en i plus do chincos ivoc los zòbros ot lours zóbruros.

En fin de compte, le sommeil gagne les deux frères.

Les jumeaux à peine assoupis, les rêves se bousculent dans leur tête. Au début, Bé et Dé perçoivent des images différentes. Rapidement, toutefois, une vision éclatante traverse leur esprit.

Une même et étincelante vision.

Sous un soleil de plomb, cent un zèbres se baignent dans la rivière Prismacolor. Quand ils émergent de l'eau, ces arcs-en-zèbre ne tiennent plus en place.

Fougueux et rafraîchis, ils

galopent vers de nouveaux horizons. Autant de crinières multicolores offrent un spectacle inoubliable.

Éblouis par ce long défilé d'arcs-en-zèbre, Bé et Dé sont comblés. Après tout, no rôvont-als pis on ceulours comme ils le désiraient tant?

Enfin, et même si la nuit est noire.

Aussi noire que de l'encre de Chine.

3
La blessure
du petit Léo

Florence, Italie, sept jours plus tard.

Huit heures, par un samedi matin ensoleillé.

Les inscriptions au cours de maître Léo ne débutent que dans une heure et demie. Malgré la chaleur étouffante, la salle d'attente du 1507 Via Mona est déjà bondée.

Assis de chaque côté de leur

marraine, Bé et Dé cachent mal leur grande fébrilité. Le célèbre maître aimera-t-il leurs deux zèbres bariolés?

Pour chasser leur nervosité, Bé et Dé arpentent le couloir. Sur les murs, maître Léo a eu la bonne idée d'exposer quelques-uns de ses tableaux.

Devant le portrait d'une femme, les jumeaux s'immobilisent. Ils admirent le regard expressif et le sourire lumineux de cette dame.

Avant de retourner à leur place, Bé et Dé veulent en connaître davantage. Rien de plus simple, il leur suffit de s'approcher et de lire.

Sous cette toile, l'histoire de toute une vie.

Résumée en six lignes.

Dans le coeur du petit Léo
la blessure naît à Vinci
quand sa mère Ma Lisa
della Gioconda
penchée sur son berceau
toujours lui sourit.

À l'horloge, neuf heures trente bien sonnées.

Sans perdre de temps, Bé et Dé reviennent auprès de tante Flo. Sur ces vieilles chaises de bois, l'attente leur semble interminable. Par bonheur, les jumeaux n'ont pas à patienter longtemps.

— Voici nos zèbres bariolés, lance Dé, en entrant dans le bureau de maître Léo.

Au même moment, Bé fouille dans sa trousse. Il en retire des crayons de couleur. De la main gauche, il les agite au-dessus de sa tête. Tandis que, de la droite, il présente une pile de dessins.

— Nous avions tellement hâte de colorer les noirs et les gris, explique-t-il au maître. Voici donc cent dalmatiens qui se baignent dans la rivière Prismacolor. Et une panthère qui traverse un arc-en-ciel.

Un tel enthousiasme devrait réjouir maître Léo. Bizarrement, le peintre semble plutôt irrité par l'ardeur des jumeaux.

— Avez-vous bien lu l'annonce? s'informe-t-il auprès de tante Flo. Et surtout, l'avez-vous comprise?

Dans l'esprit de tante Flo, le doute est semé.

Bien sûr qu'elle l'a lue, cette annonce. Mais l'aurait-elle

parcourue trop vite? Ou trop distraitement?

— Cette fois, faites l'effort de
lire jusqu'au bout, lui précise le
maître en lui tendant un dépliant.

Maître Léo a pris ses précau-
tions. Sous l'arc-en-zèbre, il a
souligné une phrase.

LA seule phrase qui lui tient
vraiment à cœur.

Et ne jamais oublier de laisser ses sourires dormir à la consigne.

Comment accepter une telle chose? Qu'on dépose ses cigarettes à la consigne, cela peut se comprendre. Mais qu'on soit forcé d'y laisser dormir ses sourires, c'est inadmissible.

— Pas question d'admettre ces deux-là à mes cours, déclare maître Léo. Ils sourient tout le temps! Ma brochure est bien précise: la place des sourires est à la consigne. Si on défie le règlement, il faut en subir les conséquences.

Pour les jumeaux, quel désappointement!

Malgré leur déception, Bé et Dé visitent à nouveau la mini-exposition du maître. Ils supplient leur marraine de les accompagner.

Les jumeaux veulent revoir le portrait de Ma Lisa della Gioconda. Et, du même coup, présenter cette dame fascinante à leur marraine.

Après avoir observé le tableau, tante Flo sort un calepin de son sac à main. En s'approchant de la toile, elle transcrit le texte qui l'accompagne.

Avant de quitter les lieux, tante Flo prend soin de rassurer ses filleuls.

— Ne vous découragez pas, votre marraine n'a pas dit son dernier mot. Dès demain, on part pour Vinci. *In treno*, mes amours. Là-bas, on se rendra chez cette Ma Lisa della Gioconda.

Les jumeaux ont très hâte, car

ils adorent voyager en train. Ils se réjouissent aussi de voir leur marraine faire preuve d'un tel acharnement.

Main dans la main, Bé, Dé et leur tante Flo longent la Via Mona. Même à l'ombre, la chaleur est accablante.

Devant le café Europa Torrido,

l'occasion est trop belle. Tante Flo offre à ses chers filleuls la plus savoureuse des gâteries.

Oui, oui, une crème glacée.

Si, si, un gelato.

Oui, oui, au chocolat.

Si, si, al cioccolato.

4
Mille ans
sans poutine italienne

Quarante-huit heures passent.

En ce matin ensoleillé, à la terrasse de l'hôtel Michelangelo, le buffet est servi. Pour tante Flo et ses filleuls, un vrai régal!

D'abord, grands verres de jus d'orange frais. Suivis de crêpes au sirop, de chaussons aux pommes et de brioches aux raisins. Le tout accompagné, pour tante Flo, d'un bon café cappuccino.

Et pour Bé et Dé, de délicieux chocolats chauds.

Tout au long du festin, tante Flo pose deux questions aux employés du Michelangelo. Les deux mêmes questions, sans se lasser.

Avez-vous déjà entendu parler de Ma Lisa della Gioconda?

Si oui, où peut-on la trouver?

À Vinci, Ma Lisa est loin d'être une étrangère. Au contraire, tout le monde semble la connaître.

— Le matin, elle ne flâne jamais au lit, assure une femme de chambre.

— Pour être reçu chez elle, pas besoin de rendez-vous, soutient l'un des cuisiniers.

Pour se forger une opinion, d'autres se fient à la rumeur

publique. Qui est très favorable à Ma Lisa, selon ce concert d'éloges.

— C'est la plus grande innovatrice du vingtième siècle, affirme une employée de la réception.

— Si elle avait vécu à la bonne époque, Ma Lisa aurait inventé la roue, prétend le portier.

Tante Flo et les jumeaux sont même invités à signer une pétition. On réclame que, parmi les milliards d'étoiles dispersées dans l'univers, l'une soit nommée Donna Gioconda.

— Un honneur des plus mérités, précise le maître d'hôtel.

Pendant que trois signatures s'ajoutent aux milliers d'autres, tante Flo sirote un dernier cappuccino.

L'interrogatoire terminé et l'adresse de Ma Lisa bien notée, il est temps de partir.

Cette fois, on voyage *in autobus.*

Direction: Piazza dell' Universo.

Sur la porte d'entrée du 101 place de l'Univers, une plaque. Au message énigmatique que tante Flo prend soin de traduire.

Souvent dans le sommeil
le cerveau devient écran
parfois petit parfois géant
où voguent plein de mirages
et le capteur d'images
qui est toujours en éveil
ne cesse de les enregistrer
afin de les visualiser.

Juste au moment où Bé et Dé s'apprêtent à sonner, une femme apparaît.

— Veuillez entrer et me suivre, car Ma Lisa a l'habitude des jeunes curieux.

Devant une telle spontanéité, tante Flo et les jumeaux obéissent. La surprise passée, ils ne sont d'ailleurs pas déçus. Sans l'ombre d'un doute, cette dame Gioconda sait meubler une conversation.

— Depuis la découverte de mon capteur d'images, les touristes affluent. Ils veulent voir, savoir, toucher ou photographier. Ah oui, avant que j'oublie, si vous désirez un autographe, vous le demandez.

Les yeux grands ouverts, les jumeaux écoutent la suite.

— Quand on collabore avec les studios Lamoroso, rien de plus normal. Saviez-vous que beaucoup de séquences de films sont empruntées à mon capteur d'images?

Bé et Dé ignorent tout de cette invention. Même s'ils adorent le cinéma, ils aimeraient mieux aborder le sujet de maître Léo.

— Vous avez sûrement vu *Six cils perdus dans l'espace*, *Mille ans sans poutine italienne* ou *Vingt scies dans la nuit*, poursuit Ma Lisa.

Malheureusement, les jumeaux n'ont visionné aucun de ces films. Plus grave encore, ils n'en ont jamais entendu parler.

Bé et Dé jugent qu'ils doivent prendre la parole. Après tout, ils ne sont pas venus jusqu'à Vinci pour discuter de cinéma. Ni pour implorer l'inventrice du capteur d'images de leur griffonner un autographe.

— Nous voudrions devenir des élèves de votre fils, lance Bé à Ma Lisa.

— Mais il ne faut jamais sourire pendant les cours de maître Léo, ajoute Dé.

— Et pour mes filleuls, vous comprenez, c'est impensable de sacrifier leur sourire, complète tante Flo.

Au fil des interventions, le visage de Ma Lisa s'assombrit.

Peu à peu, son passé revient la hanter.

Les questions fusent: comment faire pour réconforter le coeur blessé de son petit Léo? Sera-t-il possible d'y arriver?

À voir la mine déconfite de Ma Lisa della Gioconda, il est permis d'en douter.

5
La chasse
à l'idée noire

Un silence de plomb.

Finalement brisé par Ma Lisa.

— Je ne savais pas que mon fils traînait toujours ce problème, murmure-t-elle tristement.

Devant cette mère en peine, Bé et Dé hésitent. Doivent-ils tenter de la consoler? Ou simplement attendre qu'elle reprenne son récit?

Suspendus aux lèvres de Ma

Lisa, Bé et Dé demeurent silencieux. Silencieux et anxieux. Par bonheur, la célèbre dame ne les fait pas languir bien longtemps.

— Quand il était bébé, je m'approchais souvent de son berceau. J'étais si heureuse de sentir battre son coeur. Alors, c'était plus fort que moi, je lui souriais.

Dans la voix de Ma Lisa, l'émotion est palpable.

— Mais lui, mon cher petit Léo, son idée était déjà arrêtée. Allez savoir pourquoi, tout ce temps-là, il croyait que je me moquais de lui.

Ma Lisa s'arrête et verse quelques larmes. Surgissant du passé, les souvenirs lui remontent à la gorge et lui chavirent le coeur.

— Pauvre Léo, s'imaginer que les gens rient de lui, se désole-t-elle. Sûrement que personne n'ose lui sourire. Quel enfer il doit vivre! Comment chasser cette idée noire de sa tête?

Soudain, une étincelle brille dans les yeux de Ma Lisa. D'un geste vif, elle indique aux jumeaux de la suivre. En cours de route, elle n'est pas avare d'explications.

— D'abord, à l'aide de mon capteur d'images, j'enregistre les rêves. Puis, je les emmagasine dans ce récepteur.

Rendue dans son bureau, Ma Lisa s'approche du récepteur d'images. Cet appareil a toutes les apparences d'un ordinateur.

— Une fois recueillis, je peux

transformer ces rêves à ma guise,
reprend-elle. La solution du problème de mon Léo, elle est sous

mon nez. Nulle part ailleurs que sous mon nez!

Les doigts de Ma Lisa glissent sur le clavier du récepteur d'images. Elle compose le code qui permet d'avoir accès à la banque de rêves de son fils.

LISA@MaîtreLéo.Florencetali

Quand le document s'ouvre, Ma Lisa s'agite. À nouveau, elle promène ses doigts sur le clavier. Elle ne veut pas consulter la totalité des rêves de son fils.

Uniquement ceux faits dans son berceau.

Léoberceau.Vincitali

Devant les jumeaux ébahis, les images défilent. Concentrée

sur l'écran, Ma Lisa observe. Tout à coup, elle isole un plan.

— Là, penchée sur le berceau, c'est moi qui lui souris. Et dans la bulle, au-dessus de la tête de mon petit Léo, on lit ses

pensées. Pas de doute, il est per-suadé que je me moque de lui.

Ma Lisa tape quelques mots sur son clavier.

Des bouts de phrases tra-versés par un si grand élan d'amour. S'inscrit alors, dans la bulle de son petit Léo, une nou-velle version des faits.

Si je te souris ainsi
mon petit Léo chéri
c'est que je suis ravie
de t'avoir donné la vie
et non par moquerie
crois-moi je t'en prie.

Ma Lisa a confiance que ces mots sauront se rendre jusqu'au coeur de son Léo.

Une fois pour toutes, *fuori l'idea nera*!

Dehors l'idée noire!

Place aux éclatants arcs-en-zèbre!

Longue vie aux sourires qui seront maintenant permis!

Grâce au génie inventif de Ma Lisa della Gioconda.

Et à sa tendre compassion de mère.

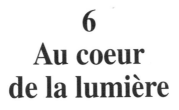

6
Au coeur
de la lumière

Avant de rentrer à Montréal, Bé et Dé insistent pour retourner à l'atelier du maître. Sous prétexte d'admirer une dernière fois le portrait de Ma Lisa.

À dire vrai, ils sont curieux de vérifier si l'intervention de Ma Lisa a réussi. Le capteur d'images a-t-il délogé l'idée noire de l'esprit de maître Léo?

Dès leur arrivée, au 1507 de

la Via Mona, une mauvaise surprise attend les jumeaux. Un cadenas géant est posé sur la porte. Mais avant de quitter les lieux, le maître a laissé sa nouvelle adresse.

Ne vous inquiétez pas, l'atelier n'a pas fermé ses portes. Il est maintenant situé dans un endroit beaucoup plus accueillant.

Si vous désirez tremper vos pinceaux au coeur de la lumière, venez donc me rejoindre. À l'adresse suivante: 1, boulevard de la Joconde, juste à côté de l'Arc-en-zèbre.

Dans l'édifice du boulevard de la Joconde, les locaux ne manquent pas. Entouré de hautes fenêtres, l'atelier de maître Léo éclate de lumière.

Dans ces lieux somptueux, les jumeaux aperçoivent des centaines de personnes. Avec entrain, devant leur chevalet, toutes dessinent.

Au milieu de cette foule animée, maître Léo distribue les encouragements. Et contrairement à ses vieilles habitudes, il affiche un large sourire.

Dès qu'il aperçoit Bé et Dé, le maître les salue. Avec empressement, il les invite à se joindre au groupe d'artistes.

À l'atelier de maître Léo, que de choses ont changé!

En plus de sourire, les élèves peuvent aussi chanter. Même le grand maître Léo ne se prive pas de ce plaisir.

Tous à vos pinceaux
y compris les jumeaux
décorez le blanc de vos yeux
de rouge de jaune et de bleu
et souriez toujours à la vie
comme Ma Lisa de Vinci.

Sur une scène improvisée, Bé et Dé reconnaissent Ma Lisa della Gioconda. Immobile, elle pose pour tous ces créateurs.

Deux coups de pinceau plus tard, Bé et Dé sont au travail. Pour rien au monde ils ne veulent perdre l'occasion de peindre Ma Lisa della Gioconda.

Dans le grand livre des records mondiaux, il faut un portrait réussi de ce célèbre modèle. Il accompagnera la description du capteur d'images, sûrement l'invention du siècle.

Apercevant les jumeaux, la mère du maître leur fait un long clin d'oeil.

Bé et Dé observent les gens autour d'eux. Pas la moindre réaction. Seraient-ils les deux seuls à avoir remarqué le signe de Ma Lisa? Étrangement, il leur semble que oui.

Mais Bé et Dé s'inquiètent.

Réussiront-ils à rendre vivant ce clin d'oeil complice?

Et puis, ce clin d'oeil, Ma Lisa l'a-t-elle vraiment fait? Ou n'est-il que le fruit de leur imagination fertile?

Quand les pinceaux se mettent à l'oeuvre, ces questions n'ont guère d'importance.

Non, vraiment plus la moindre importance.

Alors, pinceaux en mouvement, Bé et Dé oublient tout.

Si, si, si, peur dennor labro ceurs ì lour amiganitaen fortalo.

Table des matières

Achevé d'imprimer
sur les presses de Litho Acme inc.